사랑에는 천연이 없다

이미지북 시선 005

사랑에는 천연이 없다

ⓒ 정동희, 2024

1판 1쇄 인쇄 | 2024년 05월 20일
1판 1쇄 발행 | 2024년 05월 30일

지 은 이 | 정동희
펴 낸 이 | 이영희
펴 낸 곳 | 이미지북
출판등록 | 제324-2016-000030호(1999. 4. 10)
주   소 | 서울특별시 강동구 양재대로122가길 6, 202호
대표전화 | 02-483-7025, 팩시밀리 : 02-483-3213
e - m a i l | ibook99@naver.com

ISBN 978-89-89224-69-3   03810

이미지북
시선
005

사랑에는 천연이 없다

정동희
시집

이미지북

차 례

제1부 | 눈을 뜨면 오늘이 와 있다

제2부 | 세상의 봄빛과 내통한다

제1부

—

눈을 뜨면 오늘이 와 있다

산이 그린 그림

아무도 찾지 않는 산바람은 뿔이 났다
산 아랫동네 반까지 내려와
그늘 속으로 스며든다

눈치 없는 콩새는 콩잎 물고 나대고
보리밭의 산꿩은 하릴없이 꿩 꿩 울어댄다

이윽고 하루해가 저물어 가고
노을빛 산 그리메가 또 하나의 산을 낳는다

눈과 손발을 묶어놓고
세상의 아름다움이 그대로 정지된다

더듬더듬 내리는 가을비가
온 세상에 가을 판화를 찍는다

하늘을 클릭한다

꼭 다문 조개처럼
자물쇠 채워진 하늘을 클릭한다

짜시라기 비라도 와줄 것 같은데
검은 바다로 점점 변해간다

설익은 파도는 물고기 뺨을 치고
돛단배가 떠 있고 물고기도 보인다

하얀 물거품이
느닷없이 부지런을 떤다

어제 마당을 쓸던
바람도 뜬금없이 어슬렁거린다

시들하고 헐렁해진 삶은
이골이 났는지

두꺼운 스웨터를 여미고

길게 누운 구름이 온몸을 포갠다

손발이 두 개씩 있는 데도
하고 싶은 것이 없다

눈이 두 개나 있어도
보고 싶은 것이 없다

어쩌다 마주친 십자가 위로
교회 종소리가 걸어간다

사금파리 사랑

아침 햇살이 뜨락에 내린다

봄이 슬렁슬렁 내려와
맘 그늘까지 파고든다

어린나무들이 두 팔을 걷어 올리고
초록 발로 뛰어온다

가난한 들판에 살이 오르고
숨 달린 모든 것
일제히 하늘 향해 뜀박질한다

누군가 버린 사랑 하나
부양한 사금파리 사랑을 소반에 올려놓는다

세월이 웃는다

눈을 감으면 금세 하루가 가고
눈을 뜨면 오늘이 와 있다

행여 깨질까 봐 조심스럽게 까치발로 걸어
커피 한 잔을 타 마신다
뜨거운 단맛의 부드러움이 천천히 목을 타고 넘어간다

방금 온 노란 은행잎을 띄운
자몽차 한 잔을 대접한다

몸살이 난 것인지 머리도 아프고 열도 난다
얇아진 내 마음 한쪽이 저려온다

굳게 다문 입술에서 더운 피가 입안으로 흘러들고
잠시 지나가던 왕바람이 살갗을 때린다

저만큼 앞서가는 세월이 몽니를 부리고
방금 도착한 오늘이 실없이 웃는다

거울

해가 종일 징징거린다

자주 방향을 바꾸는 매지구름
긴 거울의 창틀에 걸려 있다

젖은 신문으로 빠득빠득 닦는다
그곳에 비친 나 아닌 또 다른 내가 보인다

어머니다

이제 어머니는 나를 보고 나는 어머니를 보고,
얼굴에는 낯선 악보들이 널브러져 있다

한여름 벌에 쏘인 늙은 말처럼 퉁퉁 부은 해는
창문을 부수고 들어와
방 구석구석 쌓인 먼지만 보여주고 떠난다

날마다 누가 배달하는지 수북이 쌓여간다
아무것도 할 수 없는 인형처럼 누워있다

발바닥부터 어깨까지 요란스럽게도 아파온다

하루해는 땅속으로 기어들어 가고
상현달은 나들이하자며 자꾸만 등 떠민다

얼음만 품고 사는 냉가슴에
더운 바람이 일렁인다

수저 끝 썰렁하다

새벽이 떠난 지 오래되었지만
아침은 깨워도 깨어나지 않는다
한쪽으로 기울어져 그대로 누워있다

바람 없이 살갗이 시리다
아픔 없이 가슴 저리다

슬프다고 며칠씩 울 것 없다
울어도 울어도 버릴 것이 더 많다

대문이 혼자 열렸다 닫혔다 하며
키 큰 나무를 흔들어 보고
텅 빈 마당도 쓸어보고
장독대도 훔쳐본다

홀로 밥상을 마주한다
밥상에는 밥도 하나 국도 하나 수저도 하나
하늘도 하나 해도 하나 달님도 하나
나도 하나다

그리움 반 미움 반
수저 끝이 썰렁하다

드문드문 반찬에
어디에도 없는 아침밥을 먹는다

그건 그래

살면서 뭔가를 채워가는 일도
또 뭔가를 버리는 일도 끝이 없다

저 길바닥에 널브러진 하얀 목련
저절로 떨어진 게 아니 듯
채우려다 그 무게에 짓눌려 떨어진 것이다

우리 인생도 욕심껏 채우다 보면
한 걸음 먼저 가는 이 있고
욕심을 내려놓고 마음을 비우면
두어 걸음 늦게 다 버리고 가는 이도 있다

시도 그렇다

누군가 잘 닦아놓은 길을 따라가면서
자신만의 언어로, 목소리로
정성껏 다듬어 바느질해서
하얀 종이에 글로서 의미와 뜻을 심는 거다

골목에 내리는 눈

골목시장에 빈자리가 늘어간다
오가는 사람들도 셀만큼 썰렁하다

파만 다듬던 할머니도
종일 칼만 갈아주던 아저씨도
머리부터 꼬리까지 토막 내던 생선가게 아저씨도
안 보인다

사라졌다
골목이 싸늘해졌다

그 위에 눈발이 날린다
처음 모란꽃 눈송이가 벚꽃처럼 쏟아진다

가끔은 발목 다친 눈발이
먼 별을 세며 골목을 지킨다

애기 동백

오래된 책들을 흔들어 깨워
새 옷으로 갈아입히고
교복에 명찰을 달 듯 부지런을 떤다

마음은 벌써 학교 가는 다리 위에 서 있다
냇물은 얕은 곳으로만 흘러가고
애기가 애기를 업고 다니던 길

친구는 강아지풀이 전부였다

늘어진 버드나무 아래 빨래하는 아낙들
여기저기 소를 몰며 쟁기질하던 농부들
하늘이 가끔 우리 논에 흙탕물을 부어도
뒷짐 지고 반쯤 웃으시던 아버지

그럴 때마다 빈 술병에 그려진 애기 동백꽃
세상에 그것보다 더 예쁜 꽃은 없었다

아버지, 지금도 술 좋아하시나요?

안주는 꼭 드셔야 합니다.
높은 곳을 쳐다보는데 눈에서 자꾸만
물이 떨어진다

해는 승차표를 끊어 차에 오르고
나는 아직 떠나지 못하고 있다
애기 동백꽃 향기에 갇혀

세월이 가네

세월이 먼저 와서
기다리고 있었던가

진달래 피고 나면
들판에 눈 내리고

하루도
쉬지를 않고
해가 뜨고 달이 뜨네

가을 토방에 앉는다

나뭇잎이 와 나란히 앉는다
바람이 대문을 흔들어 댄다

늘어진 전깃줄에 매달린 왕거미 떼들
며칠째 계단에 졸고 있는 방아깨비
가랑잎 위에 떨어지는 들꽃이 길을 잃는다

누군가 부르다 버린 노래가 생각나
뒤엉킨 가사
한 소절 꺾어지자
바람이 살랑살랑 불어와
눈가에 주름까지 훔쳐간다

따라가지 못한 발아래 가을 매미가 운다

꽃잎 자는 밤

검은 먹구름이 지나가고
꽃잎이 시들하다
눈이 통통 부어오르고 군데군데 상처가 났다

어젯밤 꽃잎은 잠깐 눈이라도 붙였을까
새우잠을 청했을까
밤이면 사람이 그리워
그리움을 찾아 헤엄쳐 갔을까

발자국 하나 남기지 않고
백 년 묵은 여우가 사라진 골목
아직 두껍게 어둠이 깔려 있다

선잠 깬 부추 씨가 곁눈질하고 토라진 밤
잠 설친 꽃잎들이
흙덩이 속에서 환하게 피어난다

들뜨는 봄

햇빛이 간지럽다

조금씩 조금씩
열기를 뿜어낸다

울 너머 나무들은
산을 옮겨다 놓은 것처럼 풍성하다

겨우내 가난해진 들판에 살이 오르고
바람들이 하늘 향해 뜀박질한다

낮은 담장 타고 오르다가
그대로 말라버린 넝쿨처럼
텅 빈 가슴에 치렁치렁 감아 든다

쉬지 않고 달려온 해는
낯익은 노을에 불씨 하나 건넨다

제2부

—세상의 봄빛과 내통한다

그렇게 살란다

바람이 창틀을 흔들어 댄다

옆집 감나무 가지가
우리 집 마당에 종일 넘어와 있어도
눈감아 준다

날던 새 전깃줄에 앉아
셈을 하든 말든 그냥 바라본다

그렇게 살란다

나는 못가네

그대 담은 가슴에
하얀 반달이 스민다

덜어낼 수 없는 걸
바람이 살랑살랑 옮겨 놓는다

눈가에 주름까지 훔쳐 간다

이런 달빛이 너무 좋다

누군가 그 달빛 밟으며
길고 먼 유년 추억의 길을 걷는다

그 길에 늦은 여름비가 내린다

토막 난 사랑

짧은 사랑
긴 이별
이제 어디에도 숨길 곳이 없다

내 사랑은 세월 따라 야위어 가고
외로움을 주체하지 못할 때
오늘 같은 날은 가끔 눈물이 난다

맷돌 같은 사랑에도 온보리가 나오고
녹이 슨 참사랑에도 뉘가 있듯
세상엔 완전한 사랑은 없다

만남이 있으면 이별이 있고
기쁨이 있으면 슬픔이 있듯

너와 나
우리 사랑에도 빛과 그림자가 있다

화순 가는 길

와~ 좋다

차 안의 불빛이 밖으로 나가더니
그대로 다시 따라온다

신작로
잎 하나 없는 나뭇가지에
크고 작은 새들이 옹골지게 앉아 있고

아직 치장 못 한 하루는
여느 노파처럼 늙은 냄새가 난다

차창에 스쳐 지나친 긴 호수는
아직도 겨울잠을 자는지 움직임이 없는데

흙만 가득한 들판에는
이른 봄 소리가 들린다

괜찮아

사랑, 미움, 그리움
늘 넉넉하다
그 자리에 그냥 둔다

내일이 찾아오지 않아도 괜찮다

세월이 오랫동안 쉬었다가
다시 돌아오지 않아도 괜찮다

봄꽃이 땀 흘리며
여름에 피어도 좋다
외로움도 치장하면 아름답다

먼저 나온 쓸쓸함이 어깨 위에 앉는다

소서를 지난 라일락꽃이
바람결에 사르르 잠이 든다

장대비 내리는 날

구름은 아무리 커도 하늘을 가릴 수가 없다
무엇 때문인지
하늘은 화를 내고
땅은 중얼중얼 시부렁거린다
산이 그늘져 오면 언덕도 따라 그늘진다

이렇게 장대비 내리는 날은
버들잎은 비에 젖어도
시냇물은 젖지 않는다

호수만 한 그릇에 커피를 나눠 마시고
바닷물을 통째로 포도주로 만들어 마시고 싶다

이끼 낀 나뭇잎이 몸을 비벼가며
바위틈 사이로 돌고 돌아 잘도 흘러가는데
풀숲의 개구리 한 마리
다른 풀잎에 뛰어오른다

어느 봄날의 풍경

담벼락 아래 모여든 키 작은 콩새들
해지는 줄 모르고 소꿉놀이할 때

산그늘이 하산하면
언덕도 그늘이 지고

저녁밥 짓는 연기가 하늘로 오르면
앞산 마루에 만월이 떠오른다

밤새 몸살을 앓던 풀잎들이
연둣빛으로 몸치장한다

바람의 내통

철 지난 사랑처럼

들판에
피어난 들꽃들이 바람과 내통하고

살이 통통 올라
풀 냄새까지 짙어지는 것 훔쳐보며

세상의 봄빛과 내통을 한다

그런 것 이미 다 안다는 듯
반쯤 찬 호수는 늘 눈감아준다

비껴간 사랑

훔쳐 오면 도망가고
묶어두면 풀어지고

앉혀 놓으면 일어서고
눈 감으면 입 다물고

한여름 갯벌 위에 바지락처럼
내 사랑은 녹초가 된다

구름 담은 하늘은 바다에 숨고
홀쭉해진 내 사랑은
부서지는 파도에 골백번도 더 숨는다

뒤늦게 따라 나온 노을이
바다에 스며들고 있다

저 노을을 훔쳐 주머니에 담고 싶다

이렇게 좋은 날

생각난다

칭찬밖에 모르시던 울 엄마

전화번호 안 보인다고
큰 달력 숫자를 누르시던 우리 엄마

늘 손에 풀물 가득 호미가 들려 있었지

우리 채운이, 우빈이
보여주고 싶은데

너무 멀리 계신다

두 눈 감아도 보고픈 마음

단풍처럼 물들어 간다

그늘에 피는 꽃

오늘이 쬐끔 남아 산마루에 걸려 있다

시장기가 왔는지

늘어진 햇살이 게으름을 피운다

새 한 마리 날아 와

꽃잎에 부리만 닦고 날아간 후

그늘에 피는 꽃은

소리도 향기도 없이 지고 있다

내 생의 하루도 지고 있다

매미

살찐 바람을 타고
흘러가는
한 무리의 먹구름

그 안에서
금방이라도 쏟아질 것 같은 소낙비 두고

풀벌레 우는 숲
늙은 매미의 목이 쉬어 간다

이내 가슴에
깊고 아프게 파고든다

그 경계에
위태위태 넘어가는

손톱만큼 남은 저 노을

슬픈 낙화

바람이 버리고 간
꽃잎이 바닥에 내려앉아 시들하다

꽃잎이 통통 부어오르고
군데군데 찢어져 있다

버려진 꽃잎을
사람들이 밟고 지나간다

낙화는 꽃이 아니라고
또다시 눈에서 버림받는다

밤새 바람이 앓다 함께 떠나가고
그 자리 덩그러니 눈물 몇 점 남았다

아팠다

제3부

———

먼 길 돌아서 왔습니다

신작로에서

낮에 나온 보름달
색동옷 입고 머리 위에 떠 있다

가을걷이 끝난 들녘
참새들이 두런두런 모여 앉아 수다를 떨고

신작로 전봇대 사이
포플러가 한창 멋내기에 바쁠 즈음

바람 속 풀잎으로 우는
내 설움 한 말 가웃 내려놓고

가을은 겨울 속으로 걸어간다
그렇게 한 시절을 넘어간다

옛집에 서다

찔끔찔끔 내리는 비

저 홀로 내리게 하고 고향으로 가는 길

산과 들은 내 나이 세월만큼 늙어가고
뭍을 그리워하는 바닷물은 산 하나를 품었다

대문을 밀고 마당에 들어서면
동네 풀들을 다 불러 모은 듯
한길이나 자라 한 일가를 이루고 있다

풀들과 씨름하며 마당을 지나면
물 고인 도구통이 삐딱하게 서 있고

풀덤불 속 장독대에는
크고 작은 그릇이 허리 펴고 일어선다

마당 한쪽 빨랫줄은
제 할 일을 잃은 듯 축 늘어져 있고

뒷마당 감나무에는 감이
유자나무엔 노란 유자가 부지런히 익어간다

토방 위 마루에 걸터앉아
앞산에 떨어지는 노을을 바라보며 생각한다

내 유년을 살던 집은 어디로 갔을까

늦도록 마루에 걸터앉아 바람 소리에 귀 기울이면

유년의 시간을 거슬러 올라
귀 익은 어머니의 목소리 들려온다

단발머리 한 소녀가 울면서

어둠을 밀고 저만큼 걸어온다

그 여자 사랑에는 묵은 냄새가 난다

늘어진 햇살이 게으름 피운 오후 한나절

휑한 바람 타고 내려와 준 구름 떼들

그늘에 피는 꽃은 소리도 향기도 없이 지고 있다

맨발로 지는 저 해

소금 한두 섬 짊어졌는지 천근만근이다

쓰다 남은 편지지에 벌써 노을이 하늘 절반을 물들인다

어디에도 없는 그대에게 주름진 손 흔들어 준다

사람이 늙어지면 그림자도 늙어지나 보다

맥없이 앉아 있어도 마음은 늘 뛰고 있다

약봉지만 가득하다

3월 동백

앞마을에 동백이 피었습니다

강물도 풀잎에 앉아 눈물 없이 웁니다

뭐가 그리 애가 타서

저토록 붉게 물들었을까

찬찬히 바라보다 눈 감았습니다

예쁘게 단장한

동백이 너무 미워

먼 길 돌아서 왔습니다.

새벽 바다

어둠이 포구에 닻을 내린다

얼마 동안인지도 모르는 빈 고깃배가 닻줄에 묶여
할 일 없이 며칠째 파도에 삐그덕대고

어제 마실 나갔던 바람이
어둠이 깔린 포구를 어슬렁거린다

잠이 덜 깬 바다

파도가 여러 번 뭍에 올라왔다 떠나고
어둠이 자꾸 뒷걸음질하는 동안

밀물로 밀려온 그리움
수천수만의 모래가 되어 몸을 씻는다

미처 떠나지 못한 파도가 썰물로 빠져나가면

수평선 너머로 둥근 해가 떠오른다

둘이었으면

둘이었으면 좋겠다

청청 하늘에 달이 떠오르면
달그림자 밟으며 사뿐사뿐 걸어나 보게

둘이었으면 참 좋겠다

비 오고 바람 부는 날도
두 손 모아 기도하듯 빗줄기 세어 묶어나 보게

그래 둘이었으면 너무 좋겠다

흰 눈 내리는 날에도
아직도 못다 부른 사랑 노래 끝 소절이나 불러보게

미운 사랑

해가 진종일 낮달 하나 품다

젖은 달빛이 쓸쓸히 쏟아지는
늦은 저녁 골목길

건조한 바람이 불어오고
사랑이 하나 둘씩 모여든다

어떤 사랑은 이별로 떠나보내고
어떤 이별은 또 다른 사랑을 찾는다

얇은 커튼 너머로 조금씩 밀려나는 미운 사랑
지난해 요절한 사랑을 찾아 떠나가고

또 누구는
사랑 하나 보듬어다 주고 떠났다

사랑이 가벼워졌다

세상이 숨을 멎는다면

바람에 꽃잎이 떨어지다 멈췄다
또다시 바람에 꽃잎이 진다

모든 게 시작과 끝이 있듯이
서로 번갈아 가며 요동친다

세상 밖은 갈수록 거칠어지고
한마디 참회도 없이 사람을 차례차례 눕게 한다

우리네 인생살이
마지막 임종을 지키고 나면
차가운 땅속에 묻힌다

작은 사각의 방에
검은 고요의 물결이 출렁인다

조용히 눈 감는다

사랑 모종

오늘은 희미해진 고운 임 품기 위해

콩콩 소리 나게 걸어 봅니다

언덕 넘어, 저 하늘 속에 숨어 사는

흰 구름 따라 춤추며

북두칠성 우물가 샘터까지 가버린 사람

너무 높고 멀어 아직 가지 못했습니다

아니 가지 않을 겁니다

지금은 사랑 모종에 바쁩니다

가난도 시간이 필요하다

머리카락을 뭉텅뭉텅 자른다

입술도 촉촉하게 바른다

금방 써 내려간 글들도 오독오독 씹는다

욕심으로 가득 찬 세상 탐날 것도 없다

남의 울타리 부수고 훔쳐낸 행복

책장 넘기는 소리에도 바들바들 떤다

살이 트고 갈라지고

홀쭉해진 가난에게 다그치지 말자

가난도 시간이 필요하다

살다 보면 그 어떤 슬픔에도 생은 살아진다

한 계절 앞에서

소낙비
무지개
풀 냄새
찾을 수가 없다

코끝에 닿는 찬바람이
어깨 위에
툭 툭 부딪친다

세월이 서성대는 담장 밖이 궁금해
그냥 한 걸음도 떼지 못한 채
날마다 거울 앞에 선다

모자도 써보고
이 옷 저 옷 입어 보기도 하고
어울리지도 않는 롱부츠도 신어 본다

언제나 중문 문턱에 혼자 앉아 있다
그렇게 또 한 계절이 흘러간다

눈물비

처방도

약도 없는

아픔

세상에 모두 다 버렸다

오래된

추억은

움도 트지 않고

눈물이 되어 흐른다

제4부
—
또 하나의 욕심이 엎힌다

욕심 없는 날

게으른 봄 햇살이
길게 누워 온몸을 뜨겁게 한다

갈 길 먼 검은 새들도 노래하고
바람도 쉬어가는 이곳
오직 자유만이 물결처럼 출렁인다

어제 노을처럼 붉게 물들어 가는
포도주잔을 마주하고 입맞춤한다.

포도주 향기가
저물어 가는 빌딩 사이로 스며든다

욕심 없이 저물어 가는
이 하루의 자유가
오래된 빈 그릇에 소복이 담긴다

한 뼘

딱

그만큼 남은 하루해

봄 오는 소리에

온 동네가 시끌벅적하다

내가 나를

사랑하기까지는

아직 한 뼘이 남아 있다

살어 말어, 그냥 살아

세상 문 닫아걸고

하늘만 보고 대나무처럼 살았다

청춘을 묻은 만세력에서

한 여자가 뒤뚱뒤뚱 걸어 나온다

마릴린 먼로의 향수도 뿌리고

매창보다 더 야한 입술연지 바르고

찔끔찔끔 비가 내리는

황홀한 도시 거리를 걷는다

군고구마 냄새가 허기진 배를 채운다

너무 익어버린 청춘이 멀미를 한다

2월 들판

빈 논에 얇은 살얼음이 얼었다

모가지 꺾인 연꽃 줄기는 늙을 만큼 늙어 있고
흔들림 없이 드문드문
제 자리를 지키고 서 있다

군데군데
작은 둠벙의 얼음 갈라지는 소리에
도롱뇽, 참붕어가 자꾸만 봄을 재촉하고

정신없이 쏟아지는 마지막 태양 빛도
논둑 볏가리에 몸을 던진 참새들도

날개를 접는 2월의 들녘

그 흙 속에 삐죽삐죽
푸른 풀들이 봄이다, 하고
머리를 내민다

초록 바다

하늘은 초록 바다에

숨어들어 헤엄을 친다

파도 소리에 온몸이 안기고

짠물이 새어 나와 한 말은 너끈하다

바다는 말이 없는데

처음도 끝도 없는 늙은 푸념은

검은 바위 병풍으로 눈을 가리고

밤을 꼬박 새운 달빛이

초록 바다에 깊이 잠수한다

이윽고 파도가 아침 해를 물고 온다

잠 못 드는 밤

잠이 쌓여

온몸으로 퍼져간다

천장을 보고 눈을 감았다

이런저런 생각이 이어달리기를 한다

천 리 먼 길

도망간 잠이

살금살금 리모컨을 누르고

핸드폰도 가깝게 끌고 온다

봄이 오면

이맘때면

그 바다 파도는 잠잠해지고

봄이 걸어나왔다

햇볕을 키우고

봄을 삼키고

나대던 바람꽃도 조용해진다

그때 그 사랑처럼

눈이 갠 오후

언 땅에
하얀 솜이불을 덮는다

어머니 품처럼 포근하게
밤을 새워 내린 눈 위로
몸보다 먼저 마음이 달려 나간다

이윽고
내 마음보다 먼저 도달한 누군가가
밟고 지나간 발자국 길을 따라
내 발자국도 키를 맞춰 걷는다

동무들과 학교 가는 날처럼
양손엔 가방과 도시락 대신

핸드백 속 몰래 숨긴 욕심과 똑똑한 전화기 들고
위태위태 세상의 길을 걸어 방으로 들어간다

왼손잡이 늙은 아낙이 묵은 옷을 벗는다

70

하얀 속살이 드러나고
실오라기 하나 없는 배 위에
또 하나의 욕심이 얹힌다

폭설이라도 곧 내릴 것 같은 하늘이다

섣달그믐날 밤에

하늘도 아무 생각이 없는 듯
너무나 조용하다

바람도 구름도 움직임이 없는 한나절
포근하게 내린 눈꽃 송이가 덮인 길 위에
무수한 삶의 발자국들이 어지럽다

마을은 너무 조용해
저녁밥 짓는 연기도 이미 끊어진 지 오래

개 짖는 소리도 들리지 않고
늙은 달력도 떠날 채비에 바쁘다

저만치 앞서간 바람도 보이고
반 발짝 뒤를 부지런히 따라가는
한 여자의 생도 보인다

그 뒤를 따르는 세월이
처음도 끝도 없는 동그라미 같은 세상이

세상에 똑같은 청춘은 없다는 듯
홀로 중얼거리는
섣달그믐 늦저녁 밤

한 해의 묵은 달력을 내리고
새해 달력을 거는 마음
내 잘못 살아온 삶도 저리 쉬이 버리고
새 달력으로 바꿔 걸을 수만 있다면

동백꽃

학교 담벼락에 빨간 동백꽃

길 떠날 채비에

모퉁이 햇살도 부지런 떨다

시들시들 몸살이 났다

고향 동백꽃이 보고 싶다

강아지풀 줄기에 꽃 묶어 목에다 걸고

바다를 빨갛게 물들인 너

그 꽃 속에 빠지고 싶다

봄은 참 좋다

봄이 산을 타고 내려온다

마을 입구 당산나무 아래 우산각에 당도한다

아이들이 함성을 지르며 모인다

물이 통통 오른

봄나물 한 소쿠리 허리에 끼고

하루 종일 동무들과

이야기 나누고 나들이 하는

봄은 참 좋다

눈 오는 날에

며칠째 바람 한 점 없는 날
아무것도 할 수 없는 인형처럼 누워 있다

햇빛이 창문을 뚫고 들어와
방 구석구석
현미경으로 들여다보듯
처처에 쌓인 먼지를 스캔하고 사라졌다

늦은 오후,
북풍이 불어오고
태양을 한입에 통째로 삼킨다

이윽고 방향 잃은 눈발이 휘날리고
창문을 두드리는
눈발이 비명횡사한다

사그라지는 불빛들은
자꾸만 길을 잃고
텅 빈 거리에는 긴 겨울이 시작된다

눈이 그치고 햇빛이 쏟아진다

창에 비친
나 아닌 또 다른 나를 발견한다

딱 여기까지였다

좋은 날 좋은 꿈

바람이 몹시 부는 날
주소 없는 택배 하나 도착했습니다

금은보화 가득 담겼습니다

잘못 배달된 거라 반송했는데
그 다음 날 다시 배달되었습니다

처음 가난이 찾아올 때는
눈이 바빠 보지 못했습니다

사랑은 너무 눈이 부셔 알아보지 못했습니다

사람이 늙으면
그림자도 함께 늙는다는 걸 알았습니다

오늘은 바람기 많은
마음 한구석이
사리문 열고 맨발인 채 외출합니다

좋은 날 꿈속에서
누군가와 얘기하고 싶어집니다

세상천지 그리움이
빠른 택배로 내 가슴에 배송됩니다

제5부
—
모든 사람은 사랑을 찾아나선다

수저 끝에 앉은 저녁

마음이 비워지면
비운 대로 그대로 두거라

삿된 마음으로 채우지 말고
한쪽으로 기우면 기우는 대로 그냥 두거라

살다 보면 웃을 일도 생기는 법
울 일은 더 많이 생기는 법

조금 남은 그리움 반, 미움 반 두고
수저 끝에 앉는 저녁

눈물 한 사발 삼킨다

미운 사랑이 있다

밤은 아름답고 평화롭다
골목마다 매력이 넘쳐난다

방으로 달려드는 달빛
그 달빛에 취해 거리에 뛰어들고 싶다

사랑한다 해 놓고 헌 옷처럼 버리는 세상
섣달그믐 차갑고 매서운 눈발처럼
미운 사랑이
고봉밥처럼 수북하게 쌓여간다

아이스크림처럼 달콤하고
따스한 봄날처럼 녹아내리던 사랑

다 어디로 떠나가고
신발장 끈 풀어진 운동화처럼 웅크린 채 견뎌 온

그런 사랑이 이내 속에 살고 있다

아가의 행복

꽃도 열매도 한 철이 있다

곱게 피어나다가도 이내 잔인하게 짓밟히고
병들어 떨어져서도 누군가에게는 약이 된다
각자 등급을 받아 세상 사람에게 팔려나간다

꼭 한번은 옷을 바꿔 입으면서
얽히고설켜 그렇게 살아간다

예쁜 꽃은 늘 옆에 두고 싶어 하고
맛없는 열매는 눈길도 주지 않는다

인간은 말로써 사람에게 상처를 주고
아무런 일도 없었다는 듯
노래하고 춤추면서 밤을 맞이한다

웃음소리가 쌓이는 골목골목
행복이 넘치는 푸른 밤이 찾아오면
아가의 맑은 미소는 꿈나라로 여행을 한다

슬픈 무지개

비 그치고
바람에 떠밀려 온 무지개는 갈 곳이 없다

그날 그때처럼
전봇대에 묶어놓고
땅바닥에 주저앉아 울고 있다

내 사랑도
길 잃고 헤매다 그렇게 도망쳐 왔다

새롭게 피어난 빨주노초파남보 따라
산 넘고 강을 건넌다

비는 다시 내리고
내 안에 걸린 무지개는 참 슬프다

두 번째 꽃

어쩜 좋아, 이렇게 좋은 날
두 번째 손주 꽃이 피었다

하늘도 웃고, 땅도 웃고
웃음소리가 동네 어귀까지 떠들썩하다

지던 꽃도 다시 피어나고
오글오글하던 잎사귀도 기지개를 켜며 퍼진다

지나가던 바람도 북장구치고
나비는 날아와 얼씨구~~ 추임새까지 넣는다

멋진 하루는 그렇게 가고 있다
기쁨의 노랫소리가 하늘에 울려 퍼진다

세상은 잔잔해지고 평화로운 속에
무대도 관객도 없는 축제가 시작된다

사랑은 재활용再活用

세상의 모든 사랑은 천연이 없다
계면활성제가 들어 있을 뿐이다
다디단 설탕, 짜디짠 소금, 하얀 베이킹소다

사랑 안 하고
사랑받지 않으면 상처도 받지 않는다

사랑도 미움도 다 마음에서 나오는 것
처음 본 사랑 앞에 눈꺼풀이 닫힌다

사랑은 바람과 같아서
삶이 주는 아픔만큼 누가 또 사랑 타령을 한다

죄를 덮기도 하고
죄의 수렁으로 빠트리기도 한다
그래서 사랑은 예쁜 사기다
사랑은 허영심이다

한 번 쓰고 버리는 것이 아니라

언제나 필요할 때 꺼내 쓰는 재활용이다

그럼에도
모든 사람은 그 사랑을 찾아나선다
우리를 변화시키는 힘은 사랑이다

이슬

새벽이 몰래 낳은 이슬방울

비 맞은 덕석처럼 풀잎에서 자고 있다

천근 만근

저울 눈금이 사망 신고를 하고

아침 햇살이 부고장을 보내고

맑게 갠 바람 친구들이 모여든다

빈 접시에

개나리 꽃잎이 나란히 내려앉는다

바람 앞에서

꽃도 잎도 없으니
너를 알아볼 수 없다

소나무와 동백은 사시사철 푸르러 쉬이 알 수 있는데
아직 한 번도 보지 못한
누가 일러주지도 않은 똘똘한 바람이 며칠째 한창이다

나무가 무시로 흔들리고
작은 풀들이 움직일 때야 비로소 알았다

이것이 바람일 거라고
그러나 그 누구도 바람을 보았다는 사람은 없었다

발등에 떨어진 달빛이 따라온다

저만치서 새벽이 뜀박질로 온다

꽃밭의 나비처럼

봄이 오면 좋겠다
노랑나비, 분홍 꽃 예쁜 옷 차려입고
너울너울 춤추고 노래하고 싶다

나이 들어가면서
쉬엄쉬엄 예쁜 사랑을 하고 싶다

조금 늦게 피는 꽃이면 어떠한가
들뜬 가슴으로 꽃밭을 찾는 나비처럼
이 봄의 한복판으로 파고든다

늦게 핀 개나리가
노란 민들레에게 키 자랑하며 시샘 부리고
봄바람 난 벚꽃은 자꾸 담 너머로 마실을 간다

벚꽃이 나비처럼 날아오는지
나비가 벚꽃이 되어 휘날리는지

내가 나비가 되어 꽃을 찾아 날아가는 걸까

내 사랑도 스치고 지나간 바람이었을까
그 바람이 왔다 두고 간 꽃잎 속에
반짝반짝 빛나는 사랑 하나
입덧도 없이 늘 만삭이다

나를 벗으로 삼기로 했다

바람 속에 비가 섞어 내린다
굵직굵직한 비, 짜스래기 비

누운 풀도 깨어난다
지푸라기도 가볍게 몸을 흔든다

빗소리를 튕기자 두 무릎에서 가야금 소리가 난다
오늘부터 나를 벗으로 삼기로 했다

거친 바람이 손등을 스쳐 간다
손톱은 그대로인데
손등은 줄 쳐진 노트처럼 아니 거미줄처럼
얽히고설킨 자리에 세월이 출렁인다

담 밑에 모여든 참새들
모이 먹느라 해지는 줄 모르고

깊어지는 한숨 소리도 못 들은 척
해는 눈을 감고 그림자만 만든다

한동안 숨어 살던 무지개가 보이고
해도 구름도 모르게 손에 돌돌 감아
가슴에 담는다

헌 옷 같은
내가 나를 사랑하기까지는
아직 한 뼘 반이 남았다

안과 밖

창밖은 어둠이 살고 있다
방안은 자유 충만에 여유로움까지
사는 게 너무 무료하고 심심해
오랫동안 저장된 기억의 박스를 풀었다

사랑, 이별, 그리움, 증오
어떤 것도 허투루 할 수 없는 기억들이 스크랩된다

갈색 머리에 붉은 옷 그리고 웃는 얼굴
단발머리 유년의 사진부터 영정사진까지
너무 칙칙하고 어둡고 낡았다

새봄이 오면 연둣빛
이브닝드레스로 바꿔야겠다
우리 모두 한번은
안과 밖 경계도 없는 곳으로 들어가야 한다

수감 살이 지친 삶에게 자유를 주고 싶다
하늘에 닿을 만큼 큰소리로 웃어 본다

그대 발자국

아침 해가 첫차에 오르고
나는 떠나지 못했다

자거라, 더 자거라
봄비가 내리면 일어나거라

길 건너 학교 운동장에 종소리가 스며들고
눈치를 챈 봄바람이 먼저 찾아와 눈물방울 훔쳐간다

아직 치장을 못 한 나무들에서
늙은 냄새가 나고

행여 그대 옷 젖을까
가장 큰 꽃잎을 훔쳐 우산을 만들고
어제 사 온 신발을 신고
임에게 마중 간다

술 냄새 가득한 노을
동구 밖 미루나무 끝에 구름으로 걸려 있다

67년 만에 오는 봄은 나를 들뜨게 한다

1

봄이다. 여러 번의 변덕 끝에 드디어 봄다운 봄이 오는 것 같다. 이 봄이 언제까지 이어질지는 모르지만, 최근의 기후 환경으로 보아 빠르게 지나갈 것만 같은 그런 느낌을 지울 수 없다. 봄이 진행되는 동안 한 하늘에서 폭설이 내리고, 또 내가 사는 하늘에서는 소나기가 퍼부었으니….

이 무슨 조화란 말인가?

겨우내 가난해진 들판에 살이 오르고, 숨이 달린 모든 것이 신이 나서 하늘 향해 뜀박질하는 내 고향… 작은 꽃봉오리가 몸을 터트려 피우는 붉은 동백이 환하게 피었다가 뚝 뚝 떨어지는 그 모습…, 미련 없이 온몸을 던져 한 생을 마칠 그날을 위해 피어나는 동백꽃을 바라보면 눈에 자꾸자꾸 눈물방울 맺힌다.

#2

어느 날 아침 카톡으로 편지 한 통을 받았다. 그 내용은 세상을 살면서 망각해서는 안 될 세 문장이었다. 평소 내가 너무도 잘 아는 문장이었다.

첫 번째가 '메멘토 모리Memento mori'였다. "자기 죽음을 기억하라"는 것이다. 이 말은 '전쟁에서 승리했다고 너무 우쭐대지 말라. 오늘은 개선장군이지만, 너도 언젠가는 죽는다. 그러니 겸손하게 행동하라.'는 의미에서 생겨났다.

그러나 나는 고대 로마의 말보다는 미국 인디언보호구역에 사는 나바호 인디언의 메멘토 모리의 말의 의미가 더 무겁게 느껴진다. "네가 세상에 태어날 때 너는 울었지만, 세상은 기뻐했으니, 네가 죽을 때 세상은 울어도 너는 기뻐할 수 있도록 그런 삶을 살아라."

두 번째는 '카르페 디엠Carpe diem'이다. 이 구절은 고대 로마 공화정 말기의 시인 호라티우스의 라틴어 시 한 구절로

부터 유래한 말로, "현재에 충실하라! 현재를 가치 있게 쓰라"는 의미이다. 호라티우스의 "현재를 잡아라, 가급적 내일이란 말은 최소한만 믿어라."(Carpe diem, quam minimum credula postero)에서 나온 구절이다. 이 노래는 '미래는 알 수 없는 것'이라고 말한다.

마지막이 '아모르 파티Amor fati'였다. 국내 트로트로 너무나 잘 알려진 노래 제목이기도 하다. 세계적인 철학자 프리드리히 니체가 자신의 근본 사유라고 인정한 영원 회귀 사상의 마지막 결론이 아모르 파티로, "운명을 사랑하라"는 의미이다.

트로트 〈아모르 파티〉의 첫 구절은 이렇게 시작한다. "산다는 게 다 그런 거지 누구나 빈손으로 와 소설 같은 한 편의 얘기들을 세상에 뿌리며 살지"라는 구절 때문인지 한 때 역주행해서 공전의 히트를 기록하고 있다. 특히 젊은이들 사이에서 회자하고 있으니 말이다.

이 세 문장을 아침 편지로 받고 조용히 나 자신을 뒤돌아보면서 깊은 생각에 잠겼다.

#3

그럴 만도 했다. 내 기억은 몇십 년 전 기억의 강으로 거슬러 오르고 있었다.

어느 날 나는 나를 잃었다. 한밤중에 119에 전화했다. "내가 좀 이상합니다." "입원할 겁니까?" "아니요."

때로는 파출소에 찾아가 이상한 행동을 하기도 했다. "신문지 한 장만 주세요?" 그러고는 그 얇은 신문지 한 장을 머리에 쓰고 얼마나 떨었는지 모른다.

생시에도 헛것이 보이고 헛소리가 들렸다. 집을 뛰쳐나가 산과 들을 헤매고 다녔다.

얼마 후 나는 알았다. '신神이 내 안에 와 있다는 것을⋯.'

천계에 계시는 조상신이 후손인 나에게 내려와 접신接神을 요구하기에 거부할 수가 없었다. 신명神命이 나에게 내리는 것으로 받들 수밖에 없었다.

결국 신을 받고, 바로 철학을 배워 30년 세월이 넘는 동안 신의 운명을 받들고 있다. 그런데 신내림만 받으면 어렵고 힘들었던 인생이 어느 날 쨍하고 바뀌는 줄 알았다. 하지만 마음이 들떠 안정할 수 없었으며, 꿈이 많아지고, 꿈속에서 신과 접촉하는 성스러운 장면을 보기도 했다.

하지만 어쩌면 진정한 고행은 신내림을 받고 난 이후부터 시작되었는지도 모른다. 날만 새면 모르는 사람들과 만나고 이야기하고 이별하는 것, 그것이 내 인생 전부였다.

분하고 억울해서 두 눈을 감을 수가 없었다. 이미 신과 접신하면서 즉흥적인 시인이 되어 가고 광대가 되어 가는 것 같았다.

4

그러던 어느 날이었다.

광주광역시 첨단행정복지센터에서 시인 두 분을 만나 시 공부를 하게 되었다. 시가 무엇인지 막 배우려는 참에 코로나19 팬데믹으로 인해 얼마 배우지 못하고 아쉽게도 중단되었다.

근데 자꾸만 시 공부에 미련이 남았다. 개인적으로 선생님께 습작 시를 한 편, 두 편을 보내기 시작했다. 그런데 '잘한다. 잘한다'고 늘 칭찬을 해 주시니까 진짜 잘한 줄 알고, 오늘에까지 이르고 말았다.

문학에 대한 나의 징후는 오래전부터 있었던 것 같다. 자꾸만 많은 것들이 내 몸을 톡톡 치면서 신호를 주었지만, 나는 그걸 알아채지 못했다. 신이 내렸지만, 문학은 접신하지 못한 것이다.

예전에도 가끔 공원 벤치에 앉아 시인처럼 시를 쓰고, 조용한 숲에 들어 새들과 노래 부르기 시합을 하기도 했다.

1999년도에는 노래자랑에서 대상을 받으면서 노래 봉사도

해왔다. 그럼에도 문학에 대한 조상신은 나에게 접신을 거부했다.

지금 생각하면 나는 무엇이든 다 할 수 있다. 그렇게 스스로를 믿으며 살아왔던 것 같다. 아니면 애써 뻔뻔하게 굴었는지도 모르겠다. 하지만 시인이 되는 길은 만만치 않으리라 여긴다.

비록 늦게 접신한 문학이기도 하고, 아직은 갈 길이 멀기도 하지만 맨 처음 신을 접하고 철학을 공부해 진정한 바리데기로 거듭나는 과정을 거쳤듯이 문학에 이르는, 아니 시인으로 가는 과정이 어렵고 힘들더라도 갈 데까지 가보자는 생각이다.

오늘은 누군가 쓰다 남은 시상詩想들이 창문으로 뛰어들어 방 안을 도배한다.

#5

창밖 봄바람이 내 사랑 하나 보듬어다 주고 가는지 마음이 무척 가벼워졌다. 바람에 꽃이 피고, 또다시 바람에 꽃잎이 떨어진다.

모든 게 시작과 끝이 있듯이 내 인생도 언젠가는 그 끝이 있을 것이다. 그러나 그것을 거부하거나 회피하지 않고 담담히 받아들일 것이다.

"나는 살고 있다. 그러나 나의 목숨의 길이는 모른다."는 독일 민요처럼, 얼마나 오래 살았느냐가 중요한 것이 아니라 어떻게 살았느냐가 중요하고, 몇 살인가가 중요한 게 아니라 얼마만큼 나잇값을 하며 올바르게 살고 곱게 늙어가고 있느냐가 중요하지 않을까 싶다.

이제 곧 모란이 지고 나면 이 봄도 다할 것이다. 그러나 그 봄은 내년에도 내 후년에도 어김없이 내게 찾아올 것이다. 그래서 오늘 내가 누리고 있는 이 봄이, 오늘 이 시간이 나에게 가장 행복한 날이고 소중한 시간이다.

2024년 봄 끝에

정동희